노루가 마음씨 착한 나무꾼에게
신기한 옹달샘을 알려 주어요.
상처를 씻은 듯이 낫게 해 주는 옹달샘이지요.
나무꾼은 널리널리 알려서
아픈 사람들을 치료해 주었어요.
그런데 이젠 사라지고 없대요.
왜 사라지게 되었을까요?

추천 감수_ 김병규
대구교육대학을 졸업하고 한국일보 신춘문예에 동화가, 중앙일보 신춘문예에 희곡이 당선되면서 작품 활동을 시작했습니다. 대한민국문학상, 소천아동문학상, 해강아동문학상 등을 수상했으며, 현재 소년한국일보 편집국장으로 재직 중입니다. 쓴 책으로 〈나무는 왜 겨울에 옷을 벗는가〉, 〈푸렁별에서 온 손님〉, 〈그림 속의 파란 단추〉 등이 있습니다.

추천 감수_ 배익천
경북 영양에서 태어났습니다. 1974년 한국일보 신춘문예에 동화가 당선되었고, 〈마음을 찍는 발자국〉, 〈눈사람의 휘파람〉, 〈냉이꽃〉, 〈은빛 날개의 가슴〉 등의 동화집을 펴냈습니다. 한국아동문학상, 대한민국문학상, 세종아동문학상 등을 받았으며, 현재 부산 MBC에서 발행하는 〈어린이문예〉 편집주간으로 일하고 있습니다.

글 _ 사혜숙
서울예술대학교 문예창작학과를 졸업하고, 논술학원에서 어린이들에게 바른 글쓰기를 가르쳤습니다. 어린이들을 가르친 경험을 바탕으로 어린이 책 작가로 활동을 시작해 다양한 분야에 걸쳐 글을 쓰고 있습니다. 작품으로 〈세상에서 가장 재미있는 일〉, 〈소연이는 대통령〉 등이 있습니다.

그림 _ 송수은
대학에서 시각디자인을 전공하였고 현재 한국출판미술협회 회원이며, '하얀 생각하기' 일러스트레이터 모임에서 활동하고 있습니다. 어린이 책 일러스트뿐 아니라 뮤지컬, 영화 포스터 및 다양한 이미지 작업을 하고 있습니다. 작품으로 〈오즈의 마법사〉, 〈헨젤과 그레텔〉, 〈둥지〉, 〈황금 물고기〉, 〈꽃씨를 심는 우체부〉, 〈네가 행복했으면 좋겠어〉 등이 있습니다.

말랑말랑 우리전래동화 34 신비와 기적
신기한 샘물

발 행 인 박희철
발 행 처 한국헤밍웨이
출판등록 제406-2013-000056호
주　　소 경기도 성남시 분당구 금곡동 444-148
대표전화 031-715-7722
팩　　스 031-786-1100
편　　집 이영혜, 이승희, 최부옥, 김지균, 송정호
디 자 인 조수진, 우지영, 성지현, 선우소연
사진제공 이미지클릭, 연합포토, 중앙포토

⚠ 주의 : 본 교재를 던지거나 떨어뜨리면 다칠 우려가 있으니 주의하십시오.
고온 다습한 장소나 직사광선이 닿는 장소에는 보관을 피해 주십시오.

신기한 샘물

글 사혜숙 그림 송수은

한국헤밍웨이

옛날에 가난한 나무꾼이 살았어.

날마다 산에 가서 도끼질하는 게 일이었지.

쿵쿵 쿵쿵!
하루는 도끼질을 하는데
노루 한 마리가 절뚝거리며 오는 거야.
뒷다리에 화살이 꽂혀 있었지.
"나무꾼님, 절 좀 숨겨 주세요.
사냥꾼이 쫓아와요."

노루는 눈물을 글썽거렸어.
“아이고, 불쌍해라. 여기 숨으렴.”
나무꾼은 노루를 얼른 숨겨 주었어.
잠시 후, 사냥꾼이 헐레벌떡 뒤쫓아 왔어.
“이보시오. 이리로 화살 맞은
노루가 지나가지 않았소?”
“저쪽으로 달아나던걸요.”
나무꾼이 엉뚱한 곳을 가리키자,
사냥꾼은 기뻐하며 그쪽으로 달려갔어.

"다리는 괜찮니? 내가 치료해 줄까?"
나무꾼은 노루의 다리에서 화살을 뽑아 주었어.
"괜찮아요. 곧 나을 거예요."
노루는 나무꾼에게 꾸벅 절을 했지.
사냥꾼은 걱정이 되어서 노루를 따라갔어.
노루는 깊은 산속 어느 바위에서 걸음을 멈추었지.
바위 아래에는 작은 옹달샘이 퐁퐁 샘솟고 있었어.

노루는 옹달샘에 다리를 담갔다가 다시 나왔어.
"이제 다 나았답니다."
그러더니 껑충껑충 숲으로 뛰어가지 뭐야.
"거참, 신기한 샘물이네.
상처를 낫게 하는 샘물인가 봐."

며칠 뒤 나무꾼이 나무를 하다가
낫에 손을 베었어.
"어이쿠, 아야!"
나무꾼의 손에서 피가 철철 흘렀어.
"맞아, 노루가 알려 준 샘물로 가 보자."

나무꾼은 옹달샘으로 가서 다친 손을 넣었어.
손을 꺼내자 피가 멈추고 새살이 돋아 있었지.
"우아, 감쪽같이 나았어."

나무꾼은 다친 사람만 보면 옹달샘을 알려 주었어.
“저런 머리가 아프시군요. 저를 따라와 보세요.”
머리가 아픈 사람도 씻은 듯이 나았지.
“쯧쯧, 앞을 못 보시네요. 저를 따라와 보세요.”
앞을 못 보는 사람은 눈을 번쩍 떴어.
다리가 아픈 사람, 허리를 다친 사람 등
수많은 사람들이 나무꾼을 찾아왔지.

한 마을에 사는 욕심쟁이 영감은 배가 아팠어.
"어휴, 저런 멍청한 녀석.
샘물을 돈 받고 팔면 부자가 되는데……."
욕심쟁이 영감은 나무꾼을 찾아갔어.
"이보게. 샘물을 나한테 팔게나!"
"샘물을 팔다니요? 그 샘물은 제 것이 아닙니다.
누구나 쓸 수 있는 것이지요."
"흥, 그래?"

욕심쟁이 영감은 은근슬쩍 사또를 찾아가
큰돈을 바치고는 하소연을 했지.
“사또, 그 샘물은 저희 할아버지가
사냥을 하다가 찾은 것입니다.”

사또는 품속의 돈을 만지작거리며 이야기를 들었어.
"아무도 모르게 저한테 물려주어서
꼭꼭 숨겨 놓았던 거랍니다. 그러니 제게 돌려주십시오."
"흠! 자네가 가지도록 해 주겠네!"

그때부터 샘물은 욕심쟁이 영감의 것이 되었어.
다리를 절뚝거리는 사람이 찾아와서,
"샘물에 다리 좀 넣을게요." 하면,
"어허, 돈을 내고 퍼 가게.
한 쪽박에 닷 냥이야."
아픈 사람들은 돈을 내고 바가지에 물을 퍼 갔어.

“저런 욕심쟁이를 봤나.
땅에서 나는 샘물이 자기 것이라니?”
“쉿! 조용히 하게.
사또가 편을 들어주니 어쩔 수 있나!”

그러던 어느 날, 나무꾼이 나무를 하다가
낭떠러지에서 굴러떨어졌어.
"으악!"

겨우 집으로 돌아간 나무꾼은
자리에 누워 끙끙 앓았지.
그때 문밖에서 누가 탁탁 발을 굴렀어.
문을 활짝 열어 보니
문 앞에 노루가 서 있는 거야.
"저를 따라오세요."

노루는 나무꾼을 욕심쟁이 영감이
자기 것이라 우기는 샘물로 데려갔어.
조금 아래로 내려가니 크고
깨끗한 옹달샘이 또 하나 있었지.

나무꾼은 물속으로 풍덩 뛰어들었어.
"노루야, 고마워! 몸이 날아갈 듯하구나."
마음씨 착한 나무꾼은 샘물을 사람들에게 알려 주었지.

사람들은 더 이상 욕심쟁이 영감에게 가지 않았어.
그러자 영감은 다시 사또를 찾아갔어.
"사또, 우리 할아버지가 물려준 샘물은
사실 골짜기 아래 옹달샘입니다.
나무꾼의 샘물과 바꾸게 해 주시면
물값을 받아 반을 바치겠습니다."
사또는 이번에도 욕심쟁이 영감 편을 들어주었지.

욕심쟁이 영감은
아래쪽 샘물에 울타리를 쳤어.
누가 몰래 퍼 갈까 봐
밤새 꾸벅꾸벅 졸면서 샘물을 지켰지.

“아이고, 졸려! 하지만 계속 지켜야 해.
내 샘물을 훔쳐 가게 놔둘 수 없거든.”
며칠 밤낮을 꼬박 지키던 영감은
얼마 후, 아주 깊은 잠에 빠져들었어.
“도저히 못 참겠어. 잠깐만 자자!”
그날 밤, 빗방울이 떨어지기 시작했어.

잠에서 깨어난 영감은 나무 밑에 몸을 피했지.
“아이고, 축축해. 하지만 샘물을 지킬 테야.”
아침이 밝아 오자 계곡의 물은 점점 불어났어.
하지만 영감은 자리를 떠나지 않았어.
곧 사나운 물살이 영감을 휩쓸고 가 버렸지.
“으악! 사람 살려!”
그날 이후, 신기한 샘물도 영영 사라지고 말았대.

신기한 샘물 작품해설

〈신기한 샘물〉은 가난한 나무꾼은 신기한 샘물을 아픈 사람들을 위해 사용했는데, 욕심쟁이 영감은 돈을 벌기 위해 사용하다가 벌을 받았다는 이야기입니다. 착한 사람은 흥하고 나쁜 사람은 망한다는 이야기이지요.

어느 날, 가난한 나무꾼은 나무를 하다가 사냥꾼에게 쫓기는 노루를 구해 주었습니다. 그 보답으로 노루는 나무꾼에게 무슨 병이든 낫게 하는 옹달샘을 가르쳐 주었습니다. 그때부터 나무꾼은 아픈 사람만 보면 옹달샘으로 데려갔습니다. 그러자 욕심쟁이 영감이 찾아와 옹달샘을 팔라고 했습니다. 그러나 가난한 나무꾼이 거절하자 고을 사또에게 돈을 주고 옹달샘을 자기 것으로 만들었습니다. 그때부터 사람들은 몸이 아프면 욕심쟁이 영감에게 돈을 주고 옹달샘을 사용해야 했습니다.

그러던 어느 날, 가난한 나무꾼은 낭떠러지에서 떨어져 크게 다쳤습니다. 그때 노루가 나타나 새로운 옹달샘을 가르쳐 주었습니다. 나무꾼은 다시 사람들에게 새로운 옹달샘을 가르쳐 주었고, 그때부터 사람들은 욕심쟁이 영감의 옹달샘에 가지 않았습니다.

욕심쟁이 영감은 또다시 사또에게 돈을 주고 새로운 옹달샘을 차지했습니다. 그러고는 옹달샘 주위에 울타리를 치고 밤낮으로 지켰습니다. 그때 갑자기 비가 오기 시작하더니 순식간에 물이 불어났습니다. 그러나 욕심쟁이 영감은 옹달샘을 지키겠다는 생각에 꼼짝도 하지 않았습니다. 그러다 물에 휩쓸려 가고 말았습니다.

세상에는 가난한 사람들을 도와주는 사람도 많지만 반대로 이용해서 돈을 버는 사람들도 많습니다. 욕심쟁이 영감이 바로 그런 사람이지요. 그런데 고을 사또는 욕심쟁이 영감을 벌주기는커녕 오히려 돈을 받고 도와주었으니 약하고 가난한 사람들은 기댈 데가 없었습니다. 사람들은 그 억울한 심정을 이야기로 만들어서 하늘이 대신 혼내 주도록 했습니다. 하늘은 우리 편이니 얕보지 말라는 뜻이겠지요.

꼭 알아야 할 작품 속 우리 문화

장작

옛날에는 나무를 때서 불을 피웠어요. 장작은 나무를 불 때기 좋게 도끼로 쪼갠 것을 말해요. 그런데 싱싱한 장작일수록 물을 머금고 있어 불이 잘 붙지 않아요. 따라서 옛날 사람들은 미리 나무를 해 놓고 충분히 말려서 쓰곤 했어요.

냥

옛날에는 돈을 놋쇠로 만들었어요. 그것을 엽전이라고 하는데, 조선 시대에 엽전을 세던 단위가 바로 냥이에요. 냥은 '전'이나 '돈'의 열 배에 해당되는 단위였어요. 전과 돈은 엽전 열 푼에 해당되는 단위를 말하고요.

바가지

바가지는 박을 반쪽으로 켜서 속을 파내고 껍질을 말린 것을 말해요. 주로 음식을 담거나 푸는 데 사용하지요. 박은 흥부전과 박혁거세 탄생 신화에 나올 만큼 예로부터 우리 생활에서 중요한 역할을 해 왔어요. 요즘에는 플라스틱으로 된 바가지가 나와 거의 사라졌지만요.

말랑말랑 우리 문화 이야기

나무꾼은 산에서 땔나무를 하는 사람이에요. 옛날 사람들은 아궁이에다 땔감을 넣고 불을 지펴 밥을 짓고, 물을 끓이고, 방을 따뜻하게 데웠거든요. 나무꾼은 땔감이나 장작을 팔아 먹고살았답니다.

부잣집의 겨울 준비

옛날 사람들은 추운 겨울을 준비하기 위해 초가을부터 겨우내 땔 통장작을 미리 사들였어요. 부잣집에서는 늦가을 무렵 도끼질을 잘하는 나무꾼을 불러 땔나무를 아궁이에 때기 알맞도록 패서 처마 밑에 쟁여 두었지요.

평민들의 겨울 준비

생활 형편이 별로 좋지 않은 평민들은 산에서 직접 땔나무를 해 겨울을 나기도 했어요. 그럴 형편이 안 되는 집에서는 미리 패 놓은 장작을 시장에서 사다 썼어요.

나무꾼에게 필요한 것들
산에 있는 나무들은 가지가 굵고 억세서
손으로는 자르기 힘들어요. 그래서
옛날 나무꾼들은 도끼나 낫 등을
이용해 땔감을 마련했어요. 그리고
자른 나무는 지게에 짊어졌답니다.
어서 나무를 하러 가세나.
난 벌써 도끼날을 갈아 두었다네.
장작 한 개비 얼마요?
한 개비씩은 안 팔아요. 사려면 한 강다리씩 사구려.
장작의 단위
장작 하나를 '개비'라고 불러요.
장작 백 개비는 '강다리'라고 부르지요.
정확한 개수가 아니라 장작 조금을 말할
때는 '뭇'이라고 했어요.
후유~. 아기가 안 생겨 걱정이에요.
작은 도끼를 주머니에 넣어 허리에 차면 아기가 생긴대.
신비한 도끼
어떤 여인들은 작은 도끼 서너 개를 끈으로
꿰어 주머니에 넣어 허리에 차고 다녔어요.
혼인 첫날밤 어떤 신부는 주머니에 든 도끼를
이불 밑에 깔아 두고 잤어요. 이렇게 하면
아이를 못 낳는 여자도 아이를 가질 수
있다고 믿었거든요.